Achille François Bazaine, Nicolas Anne Théodule Changarnier

Bazaine et Changarnier

Discours, lettres, proclamation

Antigonos

Achille François Bazaine, Nicolas Anne Théodule
Changarnier

Bazaine et Changarnier

Discours, lettres, proclamation

Réimpression inchangée de l'édition originale de 1871.

1ère édition 2024 | ISBN: 978-3-38813-070-5

Antigonos Verlag est une marque de Outlook Verlagsgesellschaft mbH.

Verlag (Éditeur): Outlook Verlag GmbH, Zeilweg 44, 60439 Frankfurt, Deutschland, info@outlook-verlag.de
Vertretungsberechtigt (Représentant autorisé): E. Roepke, Zeilweg 44, 60439 Frankfurt, Deutschland
Druck (Imprimerie): Libri Plureos GmbH, Friedensallee 273, 22763 Hamburg, Deutschland

BAZAINE

ET

CHANGARNIER

DOCUMENTS

SUR LES ÉVÉNEMENTS DE 1870-71.

Littérature officielle sous la Commune.   2 fr.

Trochu et Palikao. . . . .   1 fr.

Bazaine et Changarnier. .   1 fr.

Les Manifestes du Comte de Chambord .   1 fr.

Nota. — *Cette série de publications sera continuée.*

TABLETTES QUOTIDIENNES

DU SIÉGE DE PARIS

Réimpression de la LETTRE-JOURNAL

Un vol. gr. in-8º.

PRIX : 3 FR.

BAZAINE

ET

CHANGARNIER

DISCOURS, LETTRES, PROCLAMATION

PARIS

LIBRAIRIE DES BIBLIOPHILES

RUE SAINT-HONORÉ, 338

1871

DISCOURS

DU

GÉNÉRAL CHANGARNIER

A L'ASSEMBLÉE NATIONALE

(SÉANCE DU 29 MAI 1871*)

M. LE GÉNÉRAL CHANGARNIER. Messieurs, vous avez bien voulu m'autoriser à vous entretenir de faits considérables qui intéressent l'honneur militaire de la France. Vous aimez tous la vérité; ayez, je vous prie, la patience de l'entendre. Si, à votre dernière séance, j'avais eu sous la main cette petite carte des environs de Metz, qui suffit à réveiller tous mes souvenirs, j'aurais pu commencer immédiatement le simple récit que je vous prie de vouloir bien écouter.

* Ce discours fut motivé par une pétition adressée à l'Assemblée nationale par M. le colonel du génie Cosseron de Villenoisy, à Lille, demandant qu'il fût fait une enquête sur les causes de la capitulation de Metz, et sur la conduite des généraux qui y avaient pris part.

AVANT-PROPOS

Nous n'avons pas, en publiant cette brochure, l'intention de prendre parti pour ou contre M. le maréchal Bazaine. Nous nous bornons à apporter un document de plus au grand procès encore pendant devant l'opinion publique. L'intérêt de ce document est capital : c'est la déposition solennelle faite, en présence de l'Assemblée nationale, et, par conséquent, de la France, et même du monde tout entier, qui se passionne aussi au sujet du cruel drame de Metz, par un des plus illustres témoins de ce grand désastre national.

Nous avons fait suivre la reproduction du discours prononcé par M. le général Changarnier de la courte mais importante déclaration de M. Thiers, ainsi que de la réplique du ministre de la guerre, M. le général Le Flô. Nous y avons ajouté aussi une lettre de M. le

général Jarras, qui, comme chef d'état-major
de l'armée du Rhin, était en position de bien
voir, laquelle lettre rectifie et complète quel-
ques-unes des informations portées à la tribune par M. le général Changarnier.

Nous joignons à ces documents la proclamation[1] par laquelle le gouvernement de
Tours apprit à la France la chute de Metz, et
deux lettres, l'une du frère du maréchal Bazaine, l'autre du maréchal lui-même, en réponse à cette proclamation.

Enfin nous rejetons en appendice un assez
étrange document que nous empruntons au
journal anglais le *Daily Telegraph*, document dont nous ne garantissons certes pas
l'authenticité, mais dont le lecteur peut utile-
ment rapprocher les déclarations de celles
que vient de porter à la tribune M. le général
Changarnier.

---

1. Voir, dans la brochure *Télégrammes militaires de Gambetta*,
publiés par Georges d'Heylli (1 vol. in-18, Beauvais), trois cu-
rieuses dépêches relatives à Metz et au maréchal Bazaine.

Porté par un irrésistible mouvement de l'opinion publique, M. le maréchal Bazaine prit, le 13 août, le commandement de l'armée du Rhin. Sa nomination fut bien accueillie ; elle semblait mettre un terme aux hésitations, aux incertitudes, à la mobilité dans les combinaisons, qui avaient désolé les troupes.

Un grand dessein avait été conçu : 200,000 hommes devaient être concentrés au plateau des Haies, entre Nancy et Toul : il eût été difficile de les expulser de là ; les déborder, en leur prêtant le flanc, eût été très-périlleux.

Pour des raisons dont je ne veux pas ici discuter la puissance, ce projet ayant été abandonné, M. le maréchal Canrobert, dont une division était arrivée à Nancy, fut appelé à Metz avec tout son corps d'armée, qui prit le n° 6.

Le 5° et le 7° corps allèrent rejoindre à Châlons le maréchal Mac-Mahon, qui y reconstruisit ses glorieux débris, et qui allait y recevoir les 4° bataillons, la division d'infanterie de marine et quelques troupes venues d'Algérie.

La principale armée, l'armée du Rhin, que son long séjour autour de Metz a fait changer de nom, se disposa à gagner, par Verdun, le camp de Châlons, le grand centre de concentration générale. Le passage de la Moselle commença le 14 août vers trois heures et demie ; un tiers de nos troupes, qui était encore sur la rive droite, fut atta-

qué par l'armée entière du général Steinmetz ;
celle-ci fut vigoureusement repoussée et subit de
très-grandes pertes. La bataille de Borny fit beaucoup d'honneur à 48,000 hommes de nos troupes
qui combattirent 90,000 ennemis ; le maréchal
Bazaine s'y montra énergique et habile. Le passage de la Moselle s'acheva tranquillement.

Le 15, l'armée s'éleva, au delà des forts de Plap-
peville et de Saint-Quentin, sur des plateaux qui
allaient être le théâtre de luttes mémorables.
Le 16, la bataille fort disputée de Rezonville, où le
maréchal Bazaine courut de grands risques per-
sonnels, se termina à notre avantage ; l'ennemi,
refoulé, nous céda le champ de bataille.

Je suis de ceux qui crurent alors, et qui croient
encore aujourd'hui, que nous aurions dû continuer notre marche vers Châlons. D'autres conseils prévalurent.

On représenta à notre général en chef que nous
n'étions pas suffisamment pourvus de munitions ;
c'était une erreur : certains corps, fortement en-
gagés, avaient fait une grande consommation de
munitions ; la plupart des autres avaient leur ap-
provisionnement intact ou peu diminué ; une
égale répartition entre les corps nous aurait donné
des munitions pour deux batailles et demie. C'é-
tait beaucoup plus qu'il n'en fallait pour gagner
Châlons ; nous avions l'avance sur l'ennemi, qui,
même en s'imposant de grandes fatigues, n'au-

rait pu nous faire que des affaires d'arrière-garde sans importance, et en nous laissant la faculté de profiter d'une bonne occasion pour nous retourner vigoureusement contre lui.

Le 17, l'armée, fort étonnée de reculer, vint occuper les positions comprises entre la ferme du Point-du-Jour, Chatel-Saint-Germain, Saint-Privat-la-Montagne et Verneville. Un des grands inconvénients de cette retraite fut de permettre à l'ennemi d'agglomérer ses forces sans se fatiguer et d'abréger la route qu'il était obligé de parcourir.

La journée du 17 et la nuit suivante se passèrent dans un calme apparent.

Le 18, nous vîmes s'avancer de nombreuses et profondes colonnes qui prirent position devant nous. Une immense batterie, composée de l'artillerie de deux corps d'armée prussiens, s'établissait sur la route de Gravelotte, en face de nos 2e et 3e corps d'armée, qui, sous l'habile et énergique direction du maréchal Le Bœuf, prirent d'excellentes dispositions.

A onze heures, une canonnade formidable fut dirigée sur le plateau dénudé occupé par nos troupes, et au centre duquel s'élève un arbre mort bien connu de tous les géographes. Cette canonnade ne devait s'arrêter qu'après les dernières lueurs du crépuscule. Une partie de notre infanterie et de l'infanterie prussienne se disputèrent énergiquement les bois et la légère dépression de terrain qui séparaient les deux armées. Là les pertes de l'ennemi furent considérables.

Du côté d'Amanvillers, la lutte, d'abord moins animée, devint terrible vers quatre heures. Nos adversaires portèrent là de grandes masses. A l'instant où la vaillante division de Montaudon, que vous retrouvez aujourd'hui sous les murs de Paris, renforcée de deux régiments, exécutait avec succès un vigoureux mouvement offensif sur le centre de l'ennemi en y jetant un grand désordre, notre droite, vaillamment commandée, mais ployant sous le nombre, perdait beaucoup de terrain. A notre gauche, près de la ferme de Moscou, incendiée par les projectiles ennemis, l'infanterie prussienne exécuta avec beaucoup de vigueur plusieurs attaques successives, entre cinq heures et dix heures du soir; elles furent toutes brillamment et victorieusement repoussées; le général Aymard se fit là beaucoup d'honneur. Le deuxième et le troisième corps demeurèrent inébranlables, couchèrent sur le plateau qui avait été confié à leur énergie; le vaillant chef du troisième corps dormit la tête appuyée à l'arbre mort. Nos adversaires ont noblement rendu justice à la valeur, à la ténacité, à la solidité, de notre incomparable infanterie. Nos artilleurs, par leur énergie, leur audacieuse habileté, avaient racheté en partie l'infériorité notoire, trop notoire, de leur matériel.

La France a le droit de se souvenir avec orgueil de la bataille de Gravelotte, une des plus grandes des temps modernes. Nos soldats y ont combattu non pas un contre deux, comme l'a dit un homme illustre, mais un contre trois, la garde ayant été tenue en arrière, moins trois bataillons qui l'ont noblement représentée. Nous avons eu 100,000 hommes en ligne. Pour l'évaluation des forces allemandes, relisez, je vous en prie, la lettre de S. M. le roi Guillaume à S. M. la reine de Prusse : vous verrez que nous avons combattu contre dix corps d'armée, entre autres contre la garde royale tout entière.

Le 19, l'armée fut ramenée autour de Metz et s'établit à cheval sur la Moselle, en deux parties à peu près égales.

Certes, les troupes qui avaient combattu le 14 à Borny, le 16 à Rezonville, le 18 à Gravelotte, avaient besoin de respirer. Mais l'immense armée que nous avions eue devant nous le 18 s'était divisée et en grande partie éloignée, par suite des nouvelles reçues de Châlons, puis de Reims. Nous aurions pu, dès le 22, rayonner à 18 ou 20 kilomètres autour de Metz, et dans ce pays plantureux, fertile, admirablement cultivé, où tous les plus beaux villages qui soient en France se touchent, nous aurions pu, en quelques jours, faire rentrer une quantité de bétail, de grains et de fourrages, suffisante pour plusieurs mois d'approvisionnements.

Malheureusement, le général en chef n'eut pas cette sage prévoyance. S'il l'avait eue, l'histoire le placerait dans ce groupe glorieux des hommes qui ont le mieux servi leur pays.

Le 26, l'armée reçut l'ordre de se porter en avant de Saint-Julien et de Belle-Croix. La plus grande partie de la journée s'écoula dans une immobilité regrettable. Vers midi, le général en chef fit appeler au château de Grimont tous les chefs de corps, et tint un conseil de guerre.

Messieurs, quand un général en chef est possédé d'une idée énergique, il ne doit réunir ses lieutenants que pour leur donner des ordres. (Très-bien! très-bien !)

Dans ce conseil de guerre, une seule voix, celle du maréchal Le Bœuf, s'éleva pour conseiller de marcher en avant et de faire une trouée.

Le maréchal Bazaine se rangea à l'opinion de la majorité du conseil. Ce fut un immense malheur, que je regretterai pendant le peu de jours que Dieu pourra encore m'accorder sur terre. (Marques de sympathique émotion.)

Nous n'avions essuyé que quelques rares coups de canon partis de Servigny, faiblement occupé; si nous avions percé ce rideau peu épais, nous aurions eu dès le lendemain des nouvelles précises de l'armée du maréchal Mac-Mahon, et, conformant notre marche à la sienne, nous l'aurions ralliée deux jours avant qu'elle vînt se jeter dans le gouffre où elle devait fatalement périr. (Sensation.)

Le 26, dans la soirée, l'armée rentra dans ses bivacs en se demandant pourquoi on l'en avait tirée.

Le 31, on l'en fit sortir de nouveau, et on lui fit occuper les mêmes positions que dans la journée du 26, dont le souvenir n'était pas de nature à échauffer nos cœurs. Nous perdîmes encore une grande partie de la journée dans une immobilité regrettable. Enfin, à quatre heures, le signal de commencer l'attaque fut donné.

Hélas! le *mens divinior* qui, du général en chef au dernier soldat, court dans les rangs d'une armée assurée de vaincre, ne nous anima pas le 31 août. Toutefois deux divisions enlevèrent brillamment Noiseville et Servigny. Malheureusement la nuit était déjà close et très-noire. Nous ne pûmes pas nous établir solidement sur ces deux positions importantes ; cependant la journée s'acheva à notre avantage.

Dans la nuit, nos adversaires reçurent de puissants renforts. Le 1er septembre, notre armée, après avoir donné des preuves partielles de sa valeur, exécuta une retraite en très-bon ordre, mais enfin une retraite, dont beaucoup ne comprenaient pas la nécessité.

Après l'horrible catastrophe de Sedan, l'armée allemande devant Metz fut considérablement augmentée. La traverser n'était pas impossible, c'était même une chose facile pour nos troupes. Le second jour, et surtout le troisième, eussent été très-dangereux. Cependant je pensais, et je pense encore aujourd'hui, que nous aurions dû marcher en avant et chercher à pénétrer jusqu'aux Vosges, et même à gagner Langres et la vallée de la haute Seine.

Nous y aurions réussi si le général en chef, ses lieutenants et l'armée tout entière, eussent été possédés de cette volonté ferme, de cette volonté passionnée, qui nous a manqué le 31 août. Nous restâmes dans nos cantonnements, quoique la plupart de nos soldats ne comprissent pas pourquoi.

Oui, je crois que, même après la catastrophe de Sedan, nous aurions dû tenter une sortie vigoureuse ; mais, à dater du 20 septembre, les chevaux qui n'avaient pas encore servi à l'alimentation de l'armée étaient dans un état de dépérissement qui ne leur permettait plus un service utile. La cavalerie était à pied, l'artillerie n'était plus attelée et se trouvait condamnée à l'immobilité. Notre admirable infanterie donna encore des preuves de sa vigueur dans des combats particuliers que les Allemands n'ont pas oubliés. Le dernier fut le combat du 7 octobre ; nous y perdîmes 1,250 hommes, en faisant subir à l'ennemi des pertes plus considérables.

Dans une brochure très-bien écrite par un officier d'état-major allemand[1], j'ai lu que nous avions voulu faire une trouée par Thionville ce jour-là. C'est une erreur; ces détachements, car il n'y eut que des détachements qui, de notre côté, ont pris part aux combats du 7 octobre, avaient laissé leurs sacs au bivac, où les hommes de corvée leur préparaient la soupe. Nous n'avions déjà plus la prétention de sortir. (Mouvement.)

Dès le 6 octobre, des pluies incessantes, implacables, commencèrent. Notre cavalerie, notre artillerie, étaient sans chevaux; nos fantassins ne pouvaient plus se mouvoir sur un sol argileux profondément détrempé. Quelques hommes auraient pu se glisser furtivement au travers des lignes ennemies; un corps d'armée n'aurait pu essayer de les forcer sans faire inscrire une défaite à l'historique de l'armée de Metz, qui n'en a subi aucune. (Bravo !)

Cette admirable, cette noble armée de Metz, a plus souffert qu'aucune des garnisons qui se sont illustrées par leur résistance. La plus célèbre de toutes, la garnison de Gênes, vivait sous un beau ciel; elle était bien logée. Nos soldats, dont la tempête avait renversé les fragiles abris, passaient

1. *La Guerre autour de Metz*, par un général prussien, brochure in-8°, chez Théodore Kay, rue Royale, à Cassel. Cette brochure a été traduite et réfutée par M. Fallet (Ulric-Hilaire), capitaine au 2° chasseurs d'Afrique, et publiée à nouveau chez Dentu, in-8°.

la nuit debout, ou, vaincus par la fatigue, se couchaient dans la fange.

Après avoir réduit la ration de pain à 150, puis à 100, puis à 50 grammes, on a été obligé de la supprimer complétement. (Sensation.) Il ne restait plus de pain, ou du moins rien qui y ressemblât. Les pommes de terre, le riz, avaient disparu ; il ne restait plus de sel. La viande de cheval ne nous a jamais manqué ; mais sans sel, sans pain, sans riz, sans pommes de terre, elle n'est pas d'une digestion facile, sans sel surtout. Messieurs les Parisiens, vous savez ce que c'est que la viande de cheval ; mais sans pain, sans sel, sans riz, sans pommes de terre, je le répète, elle n'est pas d'une digestion facile. (Mouvement.)

J'avais espéré pouvoir vous raconter notre campagne autour de Metz sans vous parler de moi. Mais me voilà en face d'un fait qui appartient à l'histoire et que je ne peux passer sous silence.

Le 24 octobre, nos jours, nos heures, étaient comptés. M. le maréchal Bazaine réunit un conseil de guerre auquel il voulut bien me convier. Après avoir constaté notre état de détresse, on reconnut, à l'unanimité, la nécessité d'envoyer l'un de nous au quartier général allemand, pour en connaître les véritables intentions et pour lui demander, — chose bien improbable à obtenir, — un armistice avec ravitaillement, et l'envoi de notre armée tout entière en Algérie, où elle serait neutralisée.

Sur la proposition de l'illustre maréchal Canrobert, rédigée en des termes que je ne puis vous rapporter ici, on me désigna à l'unanimité pour cette douloureuse mission. Je ne pus pas la refuser.

Le lendemain, le prince Frédéric-Charles envoya au-devant de moi deux de ses aides de camp. Il me reçut avec une courtoisie parfaite, avec la courtoisie la plus élégante. On a dit, on a même imprimé, que, très-courtois à mon égard, il avait été dur et dédaigneux à l'égard de l'armée du Rhin. Messieurs, notre entretien, qui a duré trois heures, eût été beaucoup plus court dans ce cas. (Vive approbation et applaudissements.)

Le prince Frédéric-Charles a parlé de l'armée du Rhin dans les termes de la plus haute estime.

Malheureusement, beaucoup de journaux français ont été moins équitables. (Nombreuses marques d'assentiment.)

Ma demande était exorbitante. Le prince Frédéric-Charles, quoique visiblement sympathique à mon émotion de patriote et de soldat, ne me donna pas même l'espoir de transmettre notre proposition à Versailles... (L'émotion force l'orateur à s'arrêter un moment.) Et cependant mon échec fut moins complet que je ne le croyais en m'éloignant du château de Corny.

Lorsque, soixante heures après, le général Stiehle, chef d'état-major de l'armée allemande, et notre chef d'état-major, muni des pleins pouvoirs du maréchal Bazaine, signèrent le traité, dont les conditions étaient déjà connues et arrêtées, le général Stiehle offrit, en souvenir de ma négociation, de neutraliser un bataillon, de le faire sortir avec armes et bagages, drapeau déployé, et de l'envoyer en Algérie. Sous prétexte qu'il serait difficile de choisir ce bataillon, — on n'aurait eu qu'à le tirer au sort, — de le faire voyager et de l'embarquer, on refusa cette clause glorieuse... (Rumeurs), qui aurait vengé d'avance notre armée de Metz des indignes calomnies qui l'ont longtemps poursuivie. (Bravos et vives marques d'adhésion.)

Vous voyez que je n'avais pas complétement échoué dans ma mission.

Permettez-moi de vous parler des vertus de nos soldats.

Après que ce lamentable traité les eut soustraits à l'autorité légale de leurs chefs, ils furent plus respectueux, plus affectueux à leur égard qu'ils ne l'avaient été avant.

Je ne sais si les sous-secrétaires d'Etat prennent quelquefois place au banc qui est en face de cette tribune. Je suis fâché de n'y pas voir le général Valazé[1], sous-secrétaire d'Etat au ministère de la

1. Letellier-Valazé (Charles-Romain), général de division, com-

guerre; c'est un rude compagnon devant l'ennemi (Très-bien! très-bien!); mais je le défierais de vous raconter ici sa séparation d'avec ses soldats sans être arrêté par les sanglots. (Ici l'orateur s'interrompt, sous l'empire d'une vive émotion.)

La faim, la misère sous toutes ses formes, avaient préparé l'armée à un cruel dénouement. (L'émotion de l'orateur se manifeste par des larmes.)

Plusieurs membres. Reposez-vous, général! reposez-vous!

M. LE GÉNÉRAL CHANGARNIER. Je vous remercie, messieurs; je suis ému, mais je ne suis pas fatigué.

Oui, la misère, sous toutes ses formes, avait préparé l'armée à un cruel dénouement, et pourtant ce dénouement eut sur cette noble armée l'effet foudroyant d'une catastrophe imprévue!

Certes, nous ne sommes pas tombés dans cet état de détresse sans que de grandes fautes aient été commises. Je vous les ai toutes signalées, — je les rappellerai brièvement, — la malheureuse retraite après la victoire de Rezonville, l'imprévoyance qui n'a pas su pourvoir l'armée de vivres, de fourrages, alors que cela était non-seulement possible, mais facile, et enfin le désastreux conseil de guerre du 26 août, qui a empêché de

mandeur de la Légion d'honneur. Il est petit-fils du girondin Valazé, et neveu du célèbre général du génie Valazé.

marcher au-devant de l'armée du maréchal Mac-
Mahon.

Oui, le maréchal Bazaine a commis toutes ces
fautes.

Il a eu, de plus, l'insigne infortune de ne pas
assister à la bataille de Gravelotte. Mais, quoi
qu'en aient dit des hommes aigris par le malheur,
qu'ils n'ont pas su porter avec dignité ; quoi qu'en
aient dit des subalternes qui croient se grandir en
accablant un chef tombé de haut... (Très-bien ! très-
bien ! — Vous avez raison !), il est faux, absolument
faux, que le brave soldat de Borny et de Rezonville, que le vainqueur de Borny et de Rezonville
nous ait volontairement, méthodiquement, con-
duits à notre ruine.

Messieurs, je vous en supplie, je vous en con-
jure, n'estimez pas les hommes enclins à de si
odieux soupçons. (Vive approbation. — Bravos et applaudissements prolongés.)

(L'orateur, en retournant à sa place, reçoit les féli-
citations empressées d'un grand nombre de ses col-
lègues.)

. . . .

M. Thiers, *chef du pouvoir exécutif.* Messieurs, je
viens remplir un devoir que je me reprocherais
de ne pas accomplir, et que vous-mêmes me repro-
cheriez de négliger ; je viens, au nom du maréchal
Bazaine, vous demander ce que, pour ma part, je
regarde comme un grand acte de justice.

J'ai été heureux d'entendre notre illustre collègue, le général Changarnier, parler si dignement d'un de nos grands hommes de guerre. (Oui ! oui ! — Très-bien !)

Depuis assez longtemps déjà, le maréchal Bazaine m'avait écrit pour réclamer cet acte de justice, qu'il voulait devoir à l'Assemblée nationale.

J'avais pris avec moi-même l'engagement de m'adresser à l'Assemblée quand je croirais le moment venu. L'occasion m'en étant offerte aujourd'hui, je dois la saisir, sous peine de manquer envers un personnage qui a eu l'honneur de commander, et de commander glorieusement, une des plus nobles armées du pays.

Le maréchal Bazaine, j'en suis convaincu, a été cruellement calomnié ; mais un gouvernement ne suffit pas à abattre la calomnie. Le maréchal Bazaine demande formellement qu'une enquête soit ouverte pour qu'on juge les événements de Metz.

En général, je ne suis pas partisan des enquêtes qui ont pour but de revenir sur le passé et de remuer les passions. Mais une enquête qui a pour but de justifier une noble armée et de poser devant le pays la question de savoir si son chef l'a trahie ou ne l'a pas trahie, un enquête semblable est un acte de justice qu'à mon avis on ne peut refuser à personne.

La question est de savoir si cette enquête sera ordonnée par le Gouvernement ou par l'Assemblée.

Si l'Assemblée ne voulait pas l'ordonner ou la faire elle-même, le Gouvernement en aurait le devoir...

L'Assemblée voudra-t-elle la faire elle-même? (Oui! oui! — Non!)

M. GALLONI D'ISTRIA. Le maréchal la demande lui-même....

Quelques membres. Par l'Assemblée.

M. GALLONI D'ISTRIA. Oui, par l'Assemblée.

M. LE GÉNÉRAL LE FLO, *ministre de la guerre.* Les règlements militaires exigent absolument que l'enquête ait lieu.

M. LE CHEF DU POUVOIR EXÉCUTIF. Pour moi, je veux m'en rapporter à ce que fera l'Assemblée. Elle est souveraine en cette matière comme en toute autre; mais je crois que c'est un acte de justice qu'on ne peut pas refuser au maréchal Bazaine. Je vous ai transmis sa demande, je laisse à l'Assemblée le soin d'y répondre. (Très-bien! très-bien!)

. . . .

. . . .

M. LE GÉNÉRAL LE FLO, *ministre de la guerre* Je demande pardon à l'Assemblée de prolonger ce débat. Je réclame surtout son indulgence après les paroles émouvantes qu'elle a entendues de la bouche de l'illustre général qui fut mon maître... (Très-bien! très-bien!) et à qui je rends ce respectueux hommage d'affection de toute ma vie. (Applaudissements.) Je réclame, dis-je, l'indulgence de l'Assemblée, et la prie de me permettre de venir lui rappeler seulement les principes.

La loi est formelle. La loi du 1er août 1812, je crois, la date précise m'échappe, fortifiée ou corroboré par le règlement de 1863, qui a force de loi, exige que tout officier général qui a traité avec l'ennemi en rase campagne, et que tout officier, de quelque grade qu'il soit, qui a rendu une place de guerre avant une certaine période du siége, soit traduit devant un conseil de guerre pour rendre compte de sa conduite. Si je ne me suis pas conformé à ces prescriptions des règlements et de la loi, c'est que les circonstances ne l'ont pas permis. Vous savez, messieurs, que, pendant la période que nous venons de traverser, les conseils de guerre, pour cet objet, étaient impossibles; qu'il fallait attendre la rentrée des hommes qui étaient retenus captifs en Allemagne, et qui ne sont pas encore rentrés à l'heure qu'il est.

Il y avait un autre fait considérable, c'est que les événements qui se sont produits à Metz, à Sedan et sur d'autres points de notre territoire ont provoqué des passions, par suite, des appréciations violentes. Il m'a semblé qu'il convenait de laisser au temps le soin de l'apaisement; que la justice, rendue au milieu de ces passions et de ces violences, n'aurait pas le caractère qu'elle doit toujours avoir. Pendant le siége de Paris, le conseil de guerre était impossible; à Bordeaux, les prisonniers étaient encore en Allemagne; depuis, vous savez les événements qui se sont produits. Était-il possible, au milieu des circonstances que je viens de rappeler, alors que nos armées étaient dispersées, de réunir les documents, de rassembler les témoins indispensables pour juger non-seulement avec équité, mais encore avec calme et sans passion, les grandes questions qui devront être soumises au conseil de guerre? (Non! non! — Très-bien! très-bien!)

L'Assemblée nationale est souveraine; elle peut décider qu'elle appréciera elle-même la conduite des généraux, car il lui est loisible de refaire la loi... (Mouvements divers.) Mais une loi existe, et cette loi veut que le ministre de la guerre appelle devant un conseil de guerre le général qui a commandé à Metz, et aussi tous les officiers qui ont capitulé dans les diverses places de guerre cédées à l'ennemi. (Très-bien! très-bien!)

En conséquence, le ministre demande que la Chambre passe à l'ordre du jour sur la pétition qui a motivé cette discussion. (L'ordre du jour, mis aux voix, est adopté.)

LETTRE

DU GÉNÉRAL JARRAS

Adressée au Journal des Débats

EN RÉPONSE AU DISCOURS DU GÉNÉRAL CHANGARNIER

Paris, le 1ᵉʳ juin 1871.

Monsieur,

Je viens de lire seulement aujourd'hui, dans le compte rendu *in extenso* de la séance de l'Assemblée nationale du 29 mai dernier, les paroles suivantes, qui ont été prononcées à la tribune par le général Changarnier :

« Lorsque le général Stiehle, chef d'état-major de l'armée allemande, et notre chef d'état-major, muni des pleins pouvoirs du maréchal Bazaine, signèrent le traité dont les conditions étaient connues et arrêtées, le général Stiehle offrit, en souvenir de ma négociation, de neutraliser un bataillon, de le faire sortir avec armes et bagages, drapeau déployé, et de l'envoyer en Algérie. Sous prétexte qu'il serait difficile de choisir ce bataillon, de le faire voyager et de l'embarquer, on refusa cette clause glorieuse, qui aurait vengé d'avance notre armée de Metz des indignes calomnies qui l'ont longtemps poursuivie. »

Mis en cause par M. le général Changarnier, j'ai l'honneur de vous demander la permission de rectifier l'erreur qu'il a commise involontairement dans son discours, afin d'éviter que cette erreur se propage, et de présenter en même temps les faits sous le jour le plus minutieusement exact et véridique.

Il est contraire à la réalité des choses que M. le général Stiehle, chef d'état-major de l'armée prussienne, ait offert au chef d'état-major de l'armée française d'autoriser une troupe quelconque de l'armée de Metz à rentrer en France avec armes et bagages, enseignes déployées, sous la condition d'être envoyée en Algérie. C'est, au contraire, le chef d'état-major français qui présenta cette demande, non point pour un seul bataillon, mais pour un régiment d'infanterie, un régiment de cavalerie et une batterie d'artillerie. Cette demande, qui fut faite une première fois le 26 octobre, pendant la discussion des clauses de la convention qui eut lieu entre les deux chefs d'état-major, et une seconde fois le 27 octobre, au moment de la rédaction de la convention, fut péremptoirement repoussée. Le général Stiehle reconnaissait hautement, et dans les termes les plus élogieux, que, par la bravoure dont elle avait fait preuve, l'armée de Metz avait mérité l'honneur qui était réclamé pour elle; mais il ne cessa pas de se retrancher derrière les ordres du roi de Prusse. Toutefois, dans la dernière discussion qui eut lieu à ce sujet, le 27 octobre, il ajouta que dans l'armée prussienne on avait pensé un instant, dans le but d'honorer l'armée de Metz, qui le méritait à tous égards, à accorder spontanément ce qui était demandé, mais qu'à la réflexion on avait reconnu qu'il en résulterait de grands inconvénients, parce qu'il n'était pas admissible qu'une troupe française venant de l'armée de Metz pût traverser la France entière sans émouvoir outre mesure les populations, qui n'étaient déjà que trop surexcitées.

En présentant cette demande, le chef d'état-major de l'armée française n'avait fait, du reste, que se conformer aux instructions qu'il avait reçues du maréchal commandant en chef et des commandants des corps de l'armée, au moment où, malgré ses protestations, il fut désigné pour signer la convention dont les conditions étaient déjà connues et arrêtées, ainsi que l'a dit M. le général Changarnier.

Le général Changarnier n'avait pas rapporté de sa conférence avec le prince Frédéric-Charles, au château de Corny, les conditions qui étaient imposées à l'armée française. Le chef d'état-major de l'armée prussienne devait se trouver le 25 octobre, vers cinq heures du soir, au château de Frescati, où le maréchal Bazaine était invité à envoyer un officier général pour recevoir communication de ces conditions et les discuter. M. le général de Cissey fut chargé de cette mission, et rapporta, écrites de la main du général Stiehle, les clauses du projet de traité, en déclarant, le lendemain 26, devant le conseil, n'avoir pu obtenir aucune modification à ce traité. C'est ainsi que le conseil a connu les conditions de l'ennemi.

Il n'est pas un membre qui ne les ait trouvées exorbitantes; mais MM. les généraux Changarnier et de Cissey firent remarquer en même temps qu'il fallait s'attendre à ne rencontrer chez l'ennemi que la plus froide inflexibilité et le refus d'admettre tout adoucissement. Aussi, lorsque, le 25 au soir, le chef d'état-major français voulut reprendre avec le général Stiehle la discussion des clauses, celui-ci se récria en disant que c'était inutile, et que cette discussion avait été épuisée dans la conférence qu'il avait eue avec le général de Cissey.

Il avait été recommandé au chef d'état-major français de faire tous ses efforts pour obtenir des conditions moins dures, et particulièrement que les officiers ne fussent pas privés de leur épée pendant leur captivité. Cette dernière clause fut, en effet, une des premières débattues dans la conférence du 26 octobre, et, comme le chef d'état-major de l'armée prussienne se déclarait être dans l'impossibilité non-seulement d'y faire droit, mais aussi de la faire soumettre au roi par le prince Frédéric-Charles, je pris sur moi de déclarer, malgré les pleins pouvoirs dont j'étais muni, que je n'étais pas autorisé à signer une convention où elle ne figurerait pas. Ce ne fut qu'après un débat de plusieurs heures que le général Stiehle, reconnaissant ma demande amplement justifiée par la noble conduite de l'armée de Metz, prit l'engagement de faire proposer au roi de Prusss, par voie télégraphique, de témoigner sa haute estime pour cette armée en laissant à tous les officiers leur épée pendant la durée de leur captivité. On sait que cette faveur leur a été accordée, et qu'elle constitue la différence essentielle entre la capitulation de Metz et celle de Sedan.

C'est par suite de cette dernière circonstance que la convention ne fut signée que le 27 octobre, au lieu du 26. Ce retard avait pour conséquence de prolonger de vingt-quatre heures les privations auxquelles nos malheureux soldats étaient depuis trop longtemps soumis ; mais il s'agissait d'obtenir une preuve éclatante des vrais sentiments de l'ennemi à l'égard de notre armée, et l'hésitation n'était pas possible.

Le 28 octobre, dans la matinée, je rendis compte de ce qui vient d'être dit au maréchal commandant en chef et aux commandants des corps de l'armée réunis autour de lui, et une approbation verbale, mais non douteuse, fut donnée à la manière dont j'avais rempli ma mission. Il fut reconnu en même temps par le conseil qu'on n'avait pas espéré obtenir la neutralisation qui avait été demandée de fragments de troupes de toutes armes, et un membre ajouta que, dans le cas où cette clause eût été admise, il eût été peut-être embarrassant de désigner les corps qui auraient dû profiter de cette faveur.

Je crois inutile, monsieur le directeur, de dire qu'en faisant cette rectification, je ne veux nullement mettre en cause la bonne foi de M. le général Changarnier. Je considère néanmoins cette rectification comme indispensable, et vous êtes trop bon juge en pareille matière pour ne pas m'accorder votre concours pour la publier.

Veuillez agréer, monsieur le directeur, l'assurance de ma considération la plus distinguée.

Le général de division,
Ex-chef d'état-major général de l'armée du Rhin,

L. JARRAS.

PROCLAMATION

DU GOUVERNEMENT DE TOURS

AU PEUPLE FRANÇAIS

———

FRANÇAIS,

Élevez vos âmes et vos résolutions à la hauteur des effroyables périls qui fondent sur la patrie.

Il dépend encore de nous de lasser la mauvaise fortune, et de montrer à l'univers ce qu'est un grand peuple qui ne veut pas périr et dont le courage s'exalte au sein même des catastrophes.

Metz a capitulé.

Un général sur qui la France comptait, même après le Mexique, vient d'enlever à la patrie en danger plus de cent mille de ses défenseurs. Le maréchal a trahi. Il s'est fait l'agent de l'homme de Sedan, le complice de l'envahisseur, et, au mépris de l'honneur de l'armée dont il avait la garde, il a livré, sans même essayer un suprême effort, cent vingt mille combattants, mille blessés, ses fusils, ses canons, ses drapeaux, et la plus forte citadelle de la France, Metz, vierge jusqu'à lui des souillures de l'étranger!

Un tel crime est au-dessus même des châtiments de la justice.

Et maintenant, Français, mesurez la profondeur de l'abîme où vous a précipités l'empire; vingt ans la France a subi ce pouvoir corrupteur qui tarissait en elle toutes les sources de la grandeur et de la vie.

L'armée de la France, dépouillée de son caractère national, devenue, sans le savoir, un instrument de règne et de servitude, est engloutie, malgré l'héroïsme des soldats, dans les désastres de la patrie.

En moins de deux mois, 225,000 hommes ont été livrés à l'ennemi. Sinistre épilogue du coup de main militaire de Décembre! Il est temps de nous ressaisir, citoyens, et, sous l'égide de la République, que nous sommes bien décidés à ne laisser capituler ni au dedans ni au dehors, de puiser dans l'extrémité même de nos malheurs le rajeunissement de notre moralité et de notre virilité politique et sociale.

Oui, quelle que soit l'étendue du désastre, il ne nous trouve ni consternés, ni hésitants. Nous sommes prêts aux derniers sacrifices, et, en face d'ennemis que tout favorise, nous jurons de ne jamais nous rendre, tant qu'il restera un pouce du sol sacré sous nos semelles. Nous tiendrons ferme le glorieux drapeau de la Révolution française.

Notre cause est celle de la justice et du droit. L'Europe le voit, l'Europe le sent : devant tant de malheurs immérités, spontanément, sans avoir reçu de nous ni invitation ni adhésion, elle s'est émue, elle s'agite.

Pas d'illusions! Ne nous laissons ni allanguir ni énerver, et prouvons par des actes que nous voulons, que nous pouvons tenir de nous-mêmes l'honneur, l'indépendance, l'intégrité, tout ce qui fait la patrie libre et fière.

Vive la France! Vive la République une et indivisible!

Tours, le 30 octobre 1870.

Les Membres du Gouvernement,

CRÉMIEUX, GLAIS-BIZOIN, GAMBETTA.

LETTRE

DE M. BAZAINE, FRÈRE DU MARÉCHAL

A MM. CRÉMIEUX, GLAIS-BIZOIN, GAMBETTA

Tours, 31 octobre 1870.

Messieurs,

Celui qui écrit ces lignes ne serait pas le frère du maréchal Bazaine, que, le connaissant comme il le connaît, il protesterait encore, de toute la force de sa douleur, contre les accusations sans preuves de votre proclamation au sujet de la capitulation de Metz.

Le maréchal Bazaine n'a pas trahi, cela est impossible. Voilà quarante ans qu'il sert glorieusement la France, partout, même au Mexique, messieurs, comme le dira l'histoire, qui fera la lumière sur ce point comme sur tant d'autres. Voilà quarante ans qu'il donne, au vu et au su de toute l'armée, l'exemple éclatant des vertus d'un chef et d'un soldat. Ce n'est pas après quarante ans d'une vie militaire sans tache que le maréchal manquerait à l'honneur. Cela n'est pas. Cela est impossible.

Je parle ici, messieurs, au nom de quelque chose qui ne peut et ne doit pas plus capituler que la République française, au nom de la justice calme, réfléchie et impartiale. Cette justice dira que le maréchal doit être entendu avant d'être condamné ; elle dira que, depuis deux mois et demi, complétement isolé de la France, il n'a pu recevoir du gouvernement ni un avis, ni un homme, ni un pain ; elle dira qu'il a résisté jusqu'à complet épuisement de vivres, épuisement annoncé au gouvernement sans que celui-ci ait pu y remédier : elle dira encore que le maréchal, qui a affronté cent fois la mort avec cette froide intrépidité admirée de tous, aura tenté tous les efforts suprêmes que commandait l'honneur de l'armée.

Le jour se fera prochainement, messieurs, sur les actes du maréchal. Vous ne l'avez pas attendu. Jusque-là, je proteste et protesterai avec toute l'énergie de mon âme de patriote et de frère.

BAZAINE.

LETTRE

DU MARÉCHAL BAZAINE

AU JOURNAL LE NORD

Cassel, 2 novembre 1870.

En arrivant à Cassel, où nous sommes internés par l'ordre de l'autorité militaire prussienne, j'ai lu votre *Bulletin* (partie politique) du 1er novembre, sur la convention militaire de Metz et la proclamation aux Français de M. Gambetta. Vous avez raison, l'armée n'eût pas suivi un traître, et, pour toute réponse à cette élucubration mensongère, afin de continuer à égarer l'opinion publique, je vous envoie l'ordre du jour adressé à l'armée après les décisions prises à l'unanimité par les conseils de guerre des 23 et 28 octobre au matin.

Le délégué du gouvernement de la défense nationale ne semble pas avoir conscience de ses expressions ni de la situation de l'armée de Metz en stigmatisant la conduite du chef de cette armée qui, pendant près de trois mois, a lutté contre des forces presque doubles, dont les effectifs étaient toujours tenus au complet, tandis qu'elle ne recevait même pas une communication de ce gouvernement, malgré les tentatives faites pour se mettre en relation. Pendant cette campagne de trois mois, l'armée de Metz a eu un maréchal et 24 généraux, 2,140 officiers et 42,350 soldats, atteints par le feu de l'ennemi.

Se faisant respecter dans tous les combats qu'elle a livrés, une pareille armée ne pouvait être composée de traîtres ni de lâches. La famine, les intempéries, ont fait seules tomber les armes des mains des 65,000 combattants réels qui restaient (l'artillerie n'ayant plus d'attelages et la cavalerie étant démontée), et cela après avoir mangé la plus grande partie des chevaux, et fouillé la terre dans toutes les directions pour y trouver rarement un faible allégement à ses privations.

Sans son énergie et son patriotisme, elle aurait dû succomber dans la première quinzaine d'octobre, époque à laquelle les hommes étaient déjà réduits par jour à 300 grammes, puis 250 grammes de mauvais pain. Ajoutez à ce sombre tableau plus de 20,000 malades ou blessés sur le point de manquer de médicaments, et une pluie torrentielle depuis près de quinze jours inondant les camps, et ne permettant pas aux hommes de se reposer, car ils n'avaient d'autre abri que leurs petites tentes.

La France a toujours été trompée sur notre situation, qui a été constamment critique. Pourquoi ? Je l'ignore, et la vérité finira par se faire jour. Quant à nous, nous avons la conscience d'avoir fait notre devoir en soldats et en patriotes.

Recevez, etc.

Signé : BAZAINE.

APPENDICE

—

BAZAINE

JUGÉ PAR CHANGARNIER

—

Le journal anglais *le Daily Telegraph* a publié en novembre 1870 la lettre suivante, que lui a adressée son correspondant de Bruxelles, à la suite d'une entrevue qu'il aurait eue avec le général Changarnier :

J'ai trouvé le général dans un appartement fort modeste. Il paraît âgé de 77 ans, et sous bien des rapports l'âge et les services militaires ont laissé sur lui des marques irrécusables. Il est voûté, et il ne marche que lentement, et non sans peine. Les formalités de politesse une fois remplies, je demandai au général s'il y avait trahison dans l'affaire de la capitulation de Metz.

« Non, me répondit-il, Bazaine ne s'est pas vendu, il n'avait pas besoin d'argent, et ce qu'il a fait est loin d'être un acte de trahison. *Mon Dieu !*

assurément non, il n'y a]pas eu trahison, il y a eu
nécessité.

— Quelle est votre opinion]sur les capacités militaires de Bazaine ?

— Ah ! voilà, répondit le général, Bazaine était
incapable de commander une si grande armée. Le
nombre l'étourdissait. Il ne savait comment les
faire marcher tous ; ses forces l'embarrassaient. Il
n'a fait preuve ni de jugement ni de clairvoyance.
Je dois ajouter que Bazaine était un égoïste, qui
ne cherchait pas l'honneur du pays, mais sa propre gloire. Bazaine a toujours pensé que Paris ne
tiendrait pas, que la paix serait bientôt proclamée et que sa réputation militaire resterait intacte.

« De plus, Bazaine espérait, lorsque la paix aurait été proclamée, qu'il pourrait sortir de Metz à
la tête de ses 150,000 hommes, l'élite de l'armée
française, et faire croire au pays qu'il était un
héros, parce qu'il ne s'était pas rendu et qu'il
avait conservé Metz envers et contre tous. Voyez
maintenant jusqu'où va son incapacité : après que
Bazaine eût été forcé de se retirer à Metz, le
19 août, il lui eût été facile, pendant les douze derniers jours d'août, les trente jours de septembre
et la première quinzaine d'octobre, d'en sortir
hardiment avec toute son armée. C'est un fait
positif. Tout homme qui possède un peu de talent
militaire vous dira la même chose : ainsi, cinquante-huit jours se sont passés, pendant lesquels

150,000 de nos plus braves soldats auraient pu sortir de Metz, et, une fois en campagne, Sedan serait devenu impossible.

« Il est notoire qu'à Sedan, les troupes insultèrent leurs officiers, qu'elles se mutinèrent; en un mot, qu'elles étaient loin de ce qu'on aurait pu attendre d'elles; mais aussi, quelles troupes étaient-elles? A Metz, au contraire, les soldats étaient soumis, tout commandement était exécuté à l'instant même; il est vrai qu'à Metz, le républicanisme rouge était inconnu dans les rangs de notre armée. Comment se fait-il que Bazaine, avec de tels soldats, une bonne artillerie, une excellente cavalerie, la meilleure infanterie du monde, et toutes les munitions désirables, ne put pas sortir? Comme je vous l'ai déjà dit, c'est parce que Bazaine est un égoïste, et, s'imaginant que la paix serait bientôt faite, il pensait qu'on dirait de lui : Vraiment, Bazaine est un grand héros; il a su conserver Metz pendant que toutes les autres places fortes de la France tombaient les unes après les autres.

« Mais, soyez-en convaincu, pendant les derniers dix jours de l'investissement de Metz, des sorties étaient devenues impossibles, de même que toute attaque ou toute tentative pour s'échapper.

— Pourquoi, lui demandai-je, toute tentative de s'échapper était-elle devenue impossible?

— Parce que nous n'avions pas d'artillerie, pas

de cavalerie, et seulement 60,000 hommes d'infanterie : qu'auraient-ils pu faire contre les trois corps de l'armée prussienne?

— Quel était, lui dis-je alors, le nombre exact des soldats au moment de la capitulation ?

— Nous n'avions à Metz que 135,000 soldats, dont 25,000 étaient blessés et 10,000 malades. La cavalerie et l'artillerie étaient devenues inutiles, puisque nous n'avions plus de chevaux, et la perte de ces deux armes réduisait nos forces effectives à 60,000 hommes d'infanterie. Dans quel état nous étions, mon Dieu, quand nous avons capitulé! Tous nos chevaux étaient mangés, le pain nous faisait entièrement défaut, et, hélas! nous n'avions plus de sel. La viande de cheval n'est pas mauvaise quand elle est grasse, quand on la mange avec du pain et du sel; mais nos chevaux étaient maigres, nous n'avions ni pain ni sel : aussi cette viande était détestable. Des troupes nourries de cette manière pouvaient-elles résister à l'ennemi? De plus, je dois vous dire que, pendant les dix derniers jours de l'investissement, les soldats marchaient dans la boue jusqu'aux genoux.

« Des pluies torrentielles étaient contre nous, et la faim nous a forcés à nous rendre. Mais, comme je vous l'ai dit, il s'est passé cinquante-huit jours pendant lesquels Bazaine aurait pu conduire sa belle armée sur le champ de bataille et sauver la France. Que nous sommes malheureux! (Ici le général ne put contenir son émotion.) Examinez les sorties de Bazaine. Il n'a jamais fait un sérieux effort pour s'échapper de Metz. Chacune de ses sorties n'a été qu'un semblant de sortie. Il ne les a faites que pour l'apparence, et rien de plus. Il y avait à Metz, avec Bazaine, quatre officiers supérieurs qui étaient, comme lui, pour l'inaction.

« J'ai vu toutes les manœuvres militaires. Ce n'étaient que des feintes. Bazaine et ses amis n'agissaient pas en soldats, ils cherchaient leur propre avenir. »

Je demandai alors au général de me donner son opinion sur la conduite des sorties. Il me dit qu'elles furent toujours faites en forces peu nombreuses, et évidemment, avec l'idée préconçue qu'elles n'auraient aucun résultat heureux, quoique chaque sortie fût bien exécutée. Le combat était purement un exemple d'héroïsme, mais ces petites sorties furent des massacres sans utilité. Revenons à Bazaine. Il n'était pas à la bataille du 18 août. Il se trouvait loin du combat, ainsi que le roi Guillaume, qui a envoyé une dépêche à la reine lui disant qu'il se trouvait sur le champ de bataille. Je m'y trouvais, et j'ai dormi cette nuit-là sous l'arbre désormais historique et connu sous le nom de l'arbre des morts. Dans le combat du 18 août, il y eut 300,000 Prussiens contre 180,000 Français. Mais Bazaine n'y était pas, il était en sécurité dans Metz.

Je pensais que pour cette fois j'avais épuisé le sujet de Metz. Sachant que Changarnier était un des piliers du parti orléaniste, je lui parlai de la situation politique, et demandai au général s'il pensait que les partisans de cette cause étaient nombreux en France.

« Oui, répondit-il, ce parti est fort, très-fort. Les départements sont tous en faveur d'un gouvernement calme, sage et libéral, sous la famille d'Orléans. Je connais la politique parisienne, je connais la France, et cette triste et malheureuse position ne peut être sauvée que par la restauration de la famille d'Orléans. Qui pourrait réunir les éléments incongrus du républicanisme?

« A cette heure, le peuple de Paris ne sait pas s'il veut une république ou une monarchie. Il ne sait pas ce qu'il veut. Il est pour la dynastie des Orléans. La République ne peut durer. C'est un fait, et non un espoir, qu'elle ne pourra durer. Elle est déjà divisée, elle est déjà en fragments, et la France n'a pas encore de gouvernement. Elle a besoin d'organisation, d'harmonie, et les orléanistes peuvent donner tout cela à la France. Un roi orléaniste est pour la paix, la tranquillité, la prospérité et le bonheur général.

— Que dites-vous de Napoléon? dis-je. — Il est mort, bien mort, reprit le général. Les Prussiens peuvent vouloir rétablir Napoléon au pouvoir, mais il ne sera jamais reconnu à Paris ni en

France. — Paris se rendra-t-il, général ? demandai-je. — Jamais ! jamais ! jamais ! » répondit-il avec feu.

Notre conversation fut interrompue par l'arrivée d'une dame qui, ainsi que je l'appris plus tard, appartient à la plus haute société et a la plus grande influence parmi le parti orléaniste. Il n'y a pas de doute qu'elle ne trouve un allié utile et tout préparé dans le général Changarnier, car sa conversation m'a laissé sous l'impression qu'il professe autant d'amour pour les orléanistes que de dédain pour les républicains.

FIN

TABLE

Pages

TYPOGRAPHIE JOUAUST

IMPRIMEUR DE LA LIBRAIRIE DES BIBLIOPHILES

Rue Saint-Honoré, 338

A PARIS